♡ tatie

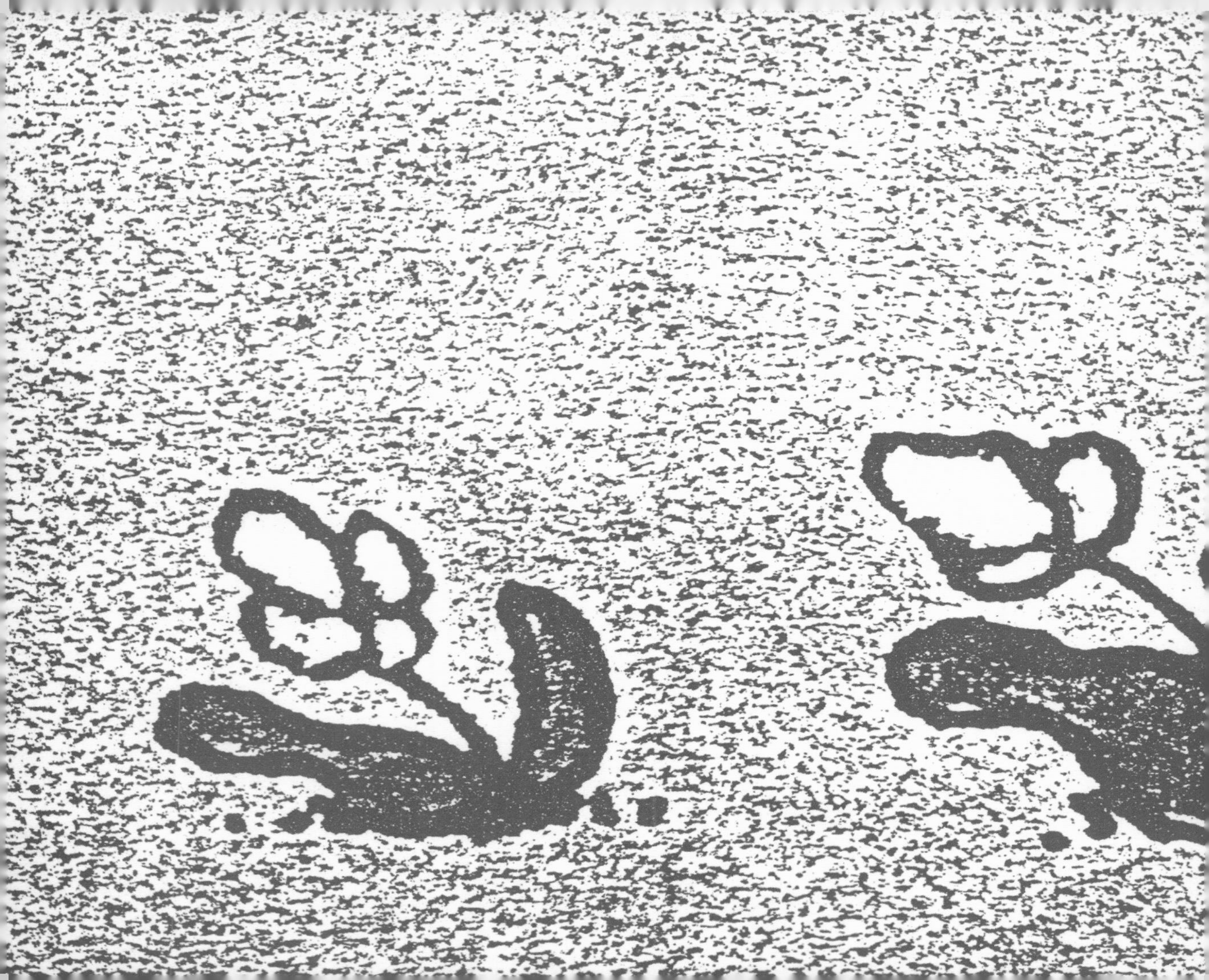

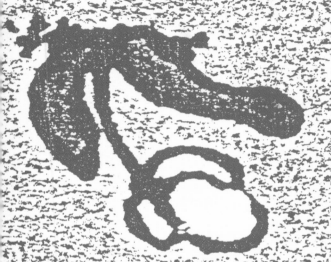

ISBN: 978-2-211-07804-7
Première édition dans la collection *lutin poche*: octobre 2004
© 1996, l'école des loisirs, Paris
Loi numéro 49 956 du 16 juillet 1949 sur les publications
destinées à la jeunesse : octobre 1996
Dépôt légal : décembre 2010
Imprimé en France par Clerc s.a.s. à Saint-Amand-Montrond

Claude Ponti

LE TOURNEMIRE

lutin poche de l'école des loisirs

11, rue de Sèvres, Paris 6ᵉ

Ce soir-là, alors qu'ils reviennent de leur promenade,
Mose et Azilise ne remarquent rien du tout.

Au village, comme d'habitude, ils croisent Pierre Apostillon
qui rapporte du pain pour sa petite sœur.

Et quand ils se disent bonne nuit, chacun devant sa maison,
personne n'a toujours rien remarqué.

C'est seulement au salon que Mose s'aperçoit
de quelque chose.

Il est en train de devenir léger.

De plus en plus léger, comme un ballon.   Il monte jusqu'au plafond.

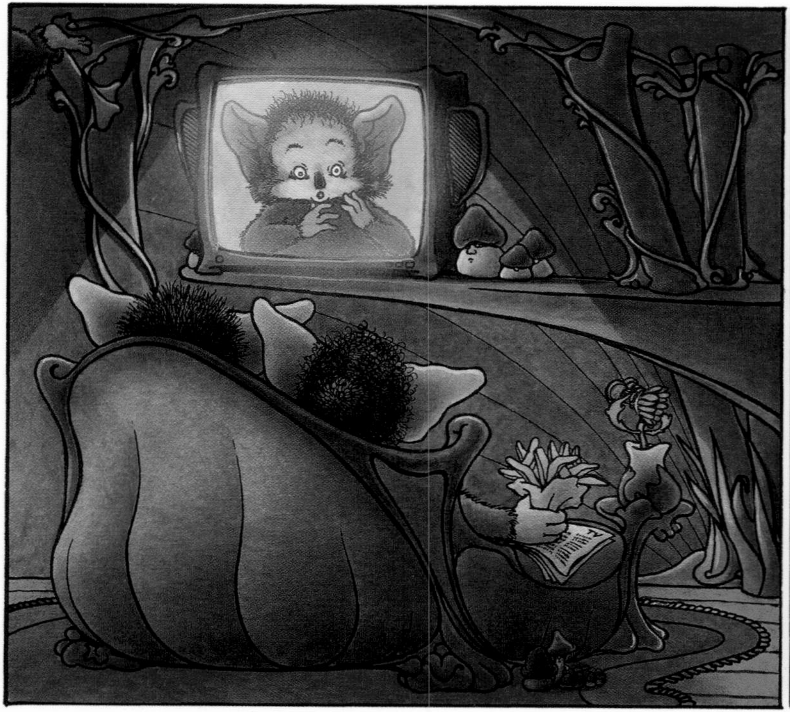

Il arrive au-dessus de ses parents qui regardent
la télévision. Les nouvelles sont terribles.
Un Tournemire vole les enfants dans les maisons.

Il vole les enfants et les remplace
par un robinet…

…ou une lampe de chevet… …ou une commode… …ou un ballon.

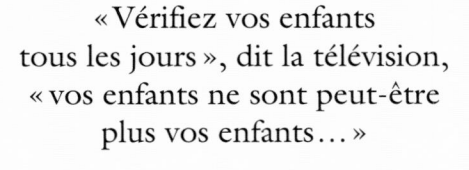

« Vérifiez vos enfants
tous les jours », dit la télévision,
« vos enfants ne sont peut-être
plus vos enfants… »

Soudain, les parents de Mose voient leur fils
près du plafond. Ils s'écrient : « C'est un ballon,
ce n'est pas notre Mose ! »

Ils décident de l'attraper. Parce que la place d'un ballon, ce n'est pas dans le salon, surtout pas au plafond.

Quand ils ont réussi, ils disent : « Puisque ce ballon est chez nous, autant qu'il serve à quelque chose. »

Dans le village, tous les enfants ont été volés. Maintenant, il y a un lampadaire qui éclaire la place, une boîte à hameçons pour le pêcheur à la ligne…

…une fontaine qui donne de l'eau fraîche. Et le père de Mose fait des courses sans arrêt, tellement c'est agréable avec un ballon.

Mais voilà qu'en rentrant chez lui,
le père de Mose s'enfonce dans le plancher.

La mère de Mose aussi. Et tous les parents
de tous les enfants du village.

Même les parents en or de Ravi Brillonne,
qui a été remplacée
par une petite boîte à musique.

Et Mose est devenu si léger
qu'il pourrait quitter la planète
rien qu'en dormant.

Malgré leurs précautions, Azilise et
Mose s'envolent par la fenêtre.

Ils traversent les nuages et flottent dans le ciel,
emportés par le vent.

Ils voyagent longtemps. Quand Azilise se réveille, elle voit une pancarte perchée sur son poteau…

…et d'autres qui ne montrent pas la même direction.

Les pancartes pensent aux chemins qu'elles pourront suivre quand elles seront mûres, aux gens qu'elles guideront pendant les nuits sans lune, et surtout aux enfants perdus qu'elles ramèneront chez leurs parents. Seule la petite Emma-Fore ne pense pas, elle a trop peur de tomber.

Mose et Azilise lui rentrent en plein dedans.
Il va falloir tomber.

C'est la seule chose à faire…

...mais pas plus loin que par terre.

Emma-Fore n'a plus peur, elle peut enfin penser.
Elle se laisse porter. Grâce à son poids,
Azilise ne s'envole plus avec Mose.

Ils traversent un alphabet mélangé,
sans voir que le Schniarck les guette,
caché dans le A majuscule.

C'est un Effaceur d'enfants.
Il ne supporte pas qu'ils existent.
Dès qu'il en voit un, il l'efface
de sa grande langue blanche.

Il suit Azilise à la trace.
D'habitude, il ne fait pas de bruit.

Mais là, il ne peut s'empêcher ni de grogner,
ni de baver, parce qu'il n'a pas souvent…

…l'occasion d'effacer trois enfants
d'un coup. Trois enfants bien ronds,
dont deux amoureux.

Du haut des airs, Mose crie :
« Monte un peu par ici, si tu l'oses. »

Azilise tourne à toute vitesse.
Les petites fleurs qui poussent derrière elle…

…font un trou dans l'herbe.
Et le Schniarck, qui n'a jamais su freiner,
tombe dedans.

« On l'a bien eu », dit Azilise.
« Meuuurfre freneuuu… » répond Mose.

Azilise laisse le Schniarck dans son trou,
et passe près d'une fenêtre.

Et près d'une autre, où elle aperçoit
des géants endormis. Elle rencontre aussi
des biberons pleins qui attendent…

…et qui sont fatigués de refroidir.

Au moment où Azilise et Mose pensent qu'ils en goûteraient bien un…

…une grosse main de bébé plonge sur eux.

Mose et Azilise ont été attrapés
par un Bébé-Maison. Il ne sait pas qui il est,
il n'arrive pas à grandir. Depuis mille ans, il essaie
toutes les nourritures qu'il trouve,
mais aucune ne lui convient.

Il veut essayer Mose et Azilise.
Il a tellement faim qu'il n'enlève
même pas la ficelle.

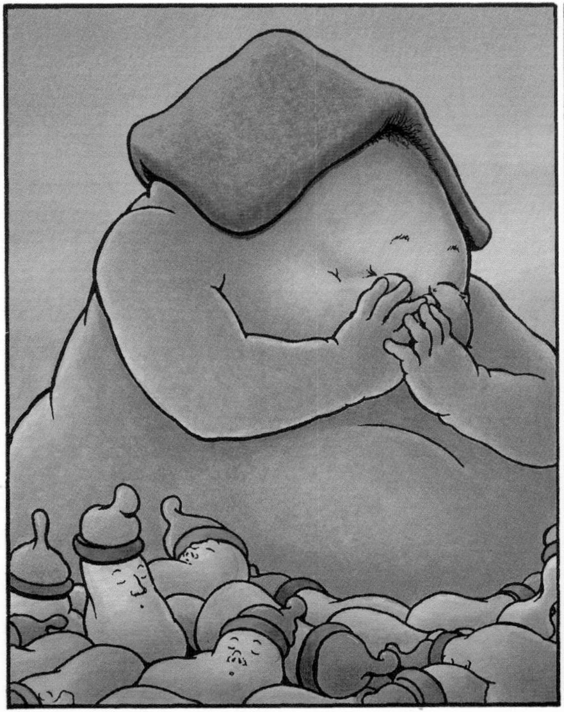

Il les avale tout rond et, aussitôt,
se met à grossir.

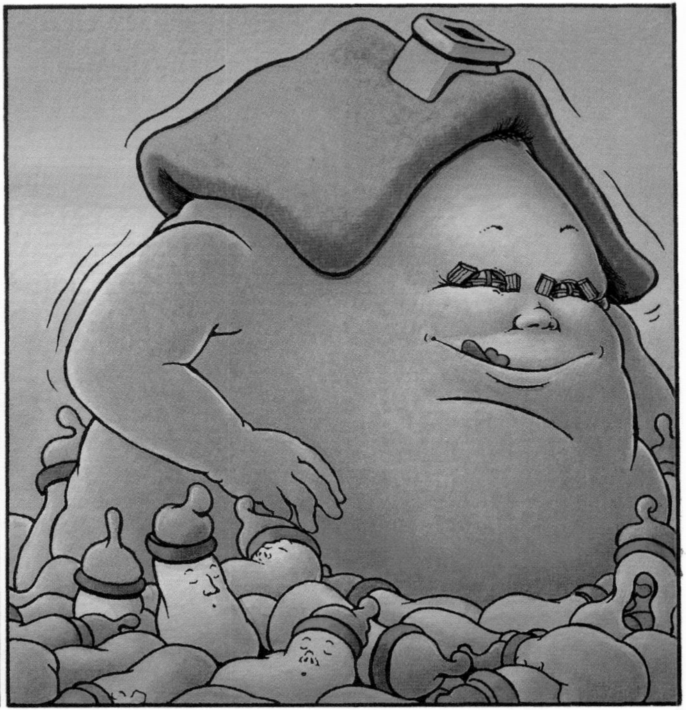

Il se transforme. Ses yeux deviennent
des fenêtres avec des petits volets,
une cheminée lui pousse sur le toit.

À l'intérieur, il n'y a personne.

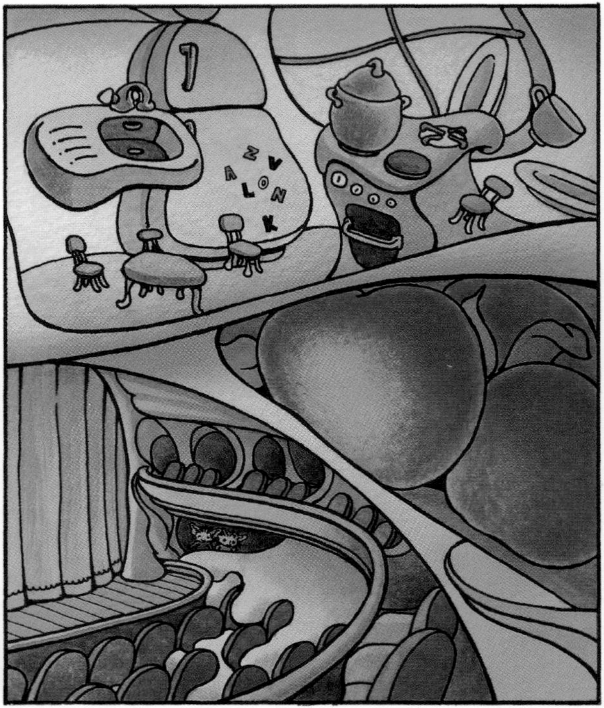

Mose et Azilise en profitent pour explorer les pièces qui sont en train de se fabriquer.

Parfois, Mose et Azilise sont tout petits.
Parfois, ils sont presque trop grands.

Mais, dans l'entrée, ils ont exactement
la bonne taille pour sortir.

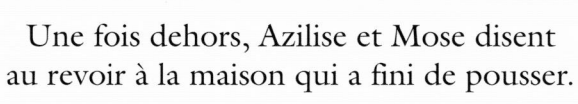

Une fois dehors, Azilise et Mose disent
au revoir à la maison qui a fini de pousser.

Ils suivent Emma-Fore. Elle a trouvé
un chemin tout neuf
sous les feuilles de blaviers.

« Tu as vu », dit Azilise, « je ne sème plus
de petites fleurs. »
« Et moi », dit Mose, « je suis redescendu. »

Au cent septième tournant,
ils aperçoivent leurs mamans.

Elles se sont arrachées du plancher de leurs maisons pour partir à la recherche de leurs vrais enfants. Elles avaient décidé d'aller jusqu'au bout du monde, s'il le fallait.

Après deux cent mille bisous de retrouvailles,
Azilise et Mose se font un peu porter.

Et, dans la forêt, Emma-Fore
fait la pancarte sur tous les petits
champignons qu'elle trouve.

À l'entrée du village,
les morceaux de plancher éclatent.

Les autres enfants sont déjà là.

Et les papas aussi. Ils viennent juste de revenir de l'autre bout du monde.

Pendant la moitié de la nuit, Azilise et Mose font un grand repas de fête avec leurs familles. Il n'y a que les plats qu'ils aiment, les desserts qu'ils préfèrent, et les boissons qu'ils adorent.

L'autre moitié de la nuit, ils la passent avec leurs amis, à se raconter leurs aventures, dans la cabane des enfants, sur le toit de la plus haute maison du village.

Le lendemain, et tous les jours suivants, les choses sont de nouveau comme avant. Mais de temps en temps, et seulement quand ils en ont envie, Azilise sème des fleurs et Mose devient léger.

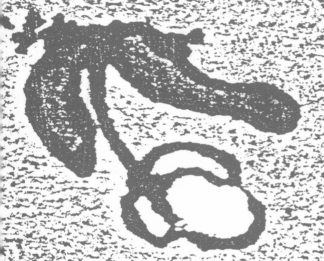